MANESSE BÜCHEREI

25

Tania Blixen
Babettes Fest

Aus dem Englischen übertragen
von W. E. Süskind

Manesse Verlag
Zürich

1. *Zwei Damen in Berlevaag*

In Norwegen gibt es einen Fjord – einen langen, schmalen Meeresarm zwischen hohen Bergen – mit Namen Berlevaag-Fjord. Am Fuß der Berge liegt die kleine Stadt Berlevaag, die wie ein Puppenstädtchen aus dem Kinderbaukasten aussieht: lauter hölzerne Häuserchen in grau, gelb, rosa und vielen anderen Farben.

Fünfundsechzig Jahre ist es her, da lebten in einem der gelben Häuser zwei ältere Damen. Die Damenwelt trug zu jener Zeit die Tournüre, und die beiden Schwestern hätten sich mit allem Anstand so kleiden können, denn sie waren rank und schlank gewachsen. Doch sie hatten nie auch nur den geringsten Modeartikel besessen, sich vielmehr zeitlebens in züchtiges Grau und Schwarz gehüllt. Ihre Taufnamen waren Martine und Philippa, nach Martin Luther und seinem Freund Philipp Melanchthon. Ihr Vater war Propst gewesen und ein Prophet, Gründer einer pietistischen Partei oder Sekte, die in ganz Norwegen bekannt und hoch angesehen war. Die Mitglieder versagten sich die Freuden dieser Welt; denn die Erde mit ihren sämtlichen Gaben galt ihnen als eine Art Sinnentrug, und die einzige Wirklichkeit war das Neue Jerusalem, nach dem sie strebten. Sie enthielten sich jeglichen üblen Worts, ihre Rede war ja ja und nein nein, und sie nannten einander Brüder und Schwestern.

Der Propst hatte spät geheiratet und war nun schon lange tot. Seine Jünger wurden Jahr für Jahr geringer an der Zahl, weißhaariger, kahlköpfiger und schwerhöriger, und allmählich bildete sich unter ihnen auch ein gewisses streitsüchtiges Querulantentum heraus, so daß in der Gemeinde betrüblicherweise zuweilen Spaltungen entstanden. Doch kamen sie immer noch zusammen und lasen und deuteten das Wort des Herrn. Sie hatten alle die Propsttöchter noch als kleine Mädchen gekannt, und in ihren Augen waren die beiden immer noch zwei recht junge Dinger, an denen man um ihres seligen Vaters willen mit besonderer Liebe hing. In dem gelben

Haus hatten die Gemeindemitglieder das Gefühl, daß der Geist ihres Meisters bei ihnen war; hier fühlten sie sich zu Hause und geborgen.

Die beiden Damen hatten ein französisches Dienstmädchen mit Namen Babette.

Das war eine ungewöhnliche Sache für zwei pietistische Weibsleute in einem norwegischen Städtchen; so ungewöhnlich, daß es nach einer Erklärung verlangte. Die Leute von Berlevaag fanden diese Erklärung in der Frömmigkeit und Herzensgüte der beiden Schwestern. Die Propsttöchter gaben ihre Zeit und ihr bißchen Geld für Werke der Nächstenliebe hin; kein Mühseliger und Beladener klopfte umsonst an ihre Tür. Und auch Babette war vor zwölf Jahren als ein Flüchtling an diese Tür gekommen, halb irre vor Kummer und Sorge.

Die wahre Ursache freilich für Babettes Anwesenheit im Hause der Schwestern lag weit zurück in vergangener Zeit und ruhte tief verborgen in den Kammern des Menschenherzens.

2. *Martines Liebhaber*

Als junge Mädchen waren Martine und Philippa außerordentlich hübsch gewesen, von der beinahe übernatürlichen Schönheit eines blühenden Obstbaums oder des ewigen Schnees. Auf Bällen und Gesellschaften waren sie nie zu sehen, aber die Leute drehten sich um, wenn sie ihnen auf der Straße begegneten, und die jungen Männer von Berlevaag gingen in die Kirche, um sie hereinkommen zu sehen. Die jüngere von den Schwestern hatte zudem eine reizende Stimme, die am Sonntag die Kirche mit Wohllaut erfüllte. Für die Brüderschaft des Propstes bedeutete die irdische Liebe, und so auch die Ehe, nichts Besonderes, im Grunde eigentlich nicht mehr als Sinnentrug; dennoch ist es möglich, daß mehr als einem unter den älteren Gemeindebrüdern die beiden Mädchen köstlicher schienen als Edelsteine und daß sie dieses dem Gemeindevorstand auch nicht vorenthielten. Der Propst aber hatte erklärt, für ihn in seinem Amt seien die beiden Töchter gleichsam die rechte und die linke Hand – wer könne da wünschen, ihn ihrer zu berauben? Die beiden schönen Mädchen waren zu einer Idealvorstellung von himmlischer Liebe erzogen, sie wußten von nichts anderem und ließen sich nicht berühren von weltlichen Flammen.

Und doch hatten sie den Herzensfrieden von zwei Herren aus der großen Welt außerhalb Berlevaags gestört.

Es gab da einen jungen Offizier namens Lorens Löwenhjelm, der in seiner Garnisonstadt ein flottes Leben geführt und sich verschuldet hatte. Im Jahre 1854, als Martine achtzehn und Philippa siebzehn waren, schickte ihn sein empörter Vater für einen Monat auf Besuch zu seiner Tante auf das alte Landhaus Fossum nicht weit von Berlevaag, wo er Zeit haben würde, nachzudenken und sich zu bessern. Eines Tages ritt er ins Städtchen und traf Martine auf dem Marktplatz. Er schaute hinunter auf das hübsche Mädchen; sie schaute auf zu dem schönen Reitersmann. Als sie vorüber war und seinen Augen entschwand, wußte er nicht, ob er seinen eigenen Augen trauen konnte.

In der Familie Löwenhjelm gab es eine Überlieferung, wonach vor langen Jahren ein Angehöriger des Hauses eine Huldre gefreit habe, einen weiblichen Berggeist aus Norwegen, der von solcher Schönheit war, daß die Luft um ihn herum glänzte und zitterte. Seit damals hatten immer wieder Mitglieder der Familie das zweite Gesicht besessen. Der junge Lorens war sich bisher nie einer besonderen spiritistischen Veranlagung bewußt gewesen. In diesem Augenblick aber stieg vor ihm plötzlich und machtvoll die Vision eines höheren und reineren Lebens auf, ohne Gläubiger, Zwangsvollstreckungen und elterliche Moralpauken, ohne unsympathische heimliche Gewissensnöte, und statt dessen mit einem sanften, goldhaarigen Schutzengel, der einen leiten und belohnen würde.

Durch seine fromme Tante erhielt er Zutritt zum Hause des Propstes und sah, daß Martine ohne Hütchen noch viel hübscher war. Er folgte ihrer schlanken Gestalt mit anbetenden Blicken; um so nichtswürdiger und verächtlicher schien ihm die Figur, die er selber in ihrer Nähe machte. Mit Verwunderung und Schrecken stellte er fest, daß er nichts zu sagen wußte und daß ihm auch aus dem vor ihm stehenden Glas Wasser keine Eingebung zustieg. «Gnade und Wahrheit, liebe Brüder, sind einander begegnet», sprach der Propst, «Rechttun und Seligwerden verschmelzen wie in einem Kuß.» Ach, den jungen Mann beschäftigte in seinen Gedanken einzig der Augenblick, da Lorens und Martine in einem Kuß verschmelzen würden. Er wiederholte seinen Besuch ein übers andere Mal, und jedesmal kam er sich dabei kleiner, unbedeutender und verächtlicher vor.

Abends, wenn er ins Haus der Tante zurückgekehrt war, schleuderte er die blankgewichsten Reitstiefel in die Zimmerecke; ja, es kam vor, daß er den Kopf auf den Tisch legte und zu weinen begann.

Am letzten Tag seines Aufenthalts machte er einen letzten Versuch, Martine seine Empfindungen mitzuteilen. Bisher war es ihm immer leichtgefallen, einem hübschen Mädchen zu sagen: Ich liebe dich – aber die zärtlichen Worte stockten ihm im Halse, als er dem Mädchen ins Gesicht sah. Als er sich bei der Gesellschaft verabschiedet hatte, begleitete ihn Martine mit einem Kerzenleuchter an die Haustür. Das Licht fiel voll auf ihren Mund und warf den Schatten ihrer langen Wim-

pern der Stirn entgegen. Schon im Begriff, in stummer Verzweiflung von dannen zu gehen, faßte er auf der Schwelle jählings ihre Hand und preßte sie an seine Lippen.
«Ich gehe für immer fort!» rief er. «Ich werde Sie nie, niemals wiedersehen! Das habe ich gelernt hier: daß das Schicksal hart ist; daß es Dinge gibt auf dieser Welt, die unmöglich sind!»
Als er wieder zu Hause in seiner Garnisonstadt war und sich sein Abenteuer überlegte, mußte er entdecken, daß ihm der Gedanke daran nicht angenehm war. Während die anderen jungen Offiziere von ihren Liebesgeschichten redeten, begrub er die seine in sich. Denn von der Offiziersmesse aus gesehen und sozusagen mit deren Augen war es ein ziemlich klägliches Abenteuer. Wie hatte es nur geschehen können, daß sich ein Husarenleutnant von einem Haufen dürrwangiger Sektierer, in den teppichlosen Zimmern eines Pfaffenhauses, aus dem Feld und in die Flucht hatte schlagen lassen?
Bei diesem Gedanken erschrak er tief und Panik überkam ihn. War es das alte Familienübel, das ihn wie einen Wahnsinnigen

immer noch das traumhafte Bild eines Mädchens mit sich herumtragen ließ, das so schön war, daß es die Luft ringsum vor Reinheit und Heiligkeit glänzen machte? Er wollte kein Träumer sein; er wollte sein wie seine Offizierskameraden.

So riß er sich denn zusammen und beschloß mit einer Gewaltanstrengung, wie er sie in seinem jungen Leben noch nie aufgebracht hatte, daß er alles vergessen wollte, was ihm in Berlevaag geschehen war. Von nun an, beschloß er, würde er vorwärts blicken, nicht rückwärts. Er würde sich auf seine Karriere konzentrieren, und der Tag würde kommen, da er in einer glänzenden Umgebung eine glänzende Figur machen würde.

Seine Mutter war zufrieden mit dem Ergebnis seines Besuchs in Fossum und drückte in ihren Briefen der Tante ihre Dankbarkeit aus. Sie wußte nicht, auf welchen seltsamen, gewundenen Wegen ihr Sohn seinen erfreulichen moralischen Standpunkt erreicht hatte.

Der ehrgeizige junge Offizier lenkte bald die Aufmerksamkeit seiner Vorgesetzten auf sich und wurde ungewöhnlich rasch befördert. Man schickte ihn nach Frankreich und Rußland, und bei seiner Rückkehr verheiratete er sich mit einer Hofdame der Königin Sophia. In diesen hohen Gesellschaftskreisen bewegte er sich mit Anmut und Selbstverständlichkeit, zufrieden mit seiner Umwelt und mit sich selber. Im Laufe der Zeit zog er sogar Nutzen aus gewissen Redewendungen und Gedankenverbindungen, die sich ihm damals im Hause des Propstes eingeprägt hatten, denn Frömmigkeit war zur Zeit bei Hofe in Mode.

Im gelben Haus in Berlevaag lenkte Philippa zuweilen das Gespräch auf den hübschen, schweigsamen jungen Mann, der so plötzlich aufgetaucht und so plötzlich wieder verschwunden war. Ihre ältere Schwester wußte darauf immer freundlich zu antworten – mit einem ruhigen und hellen Gesicht – und ließ die Unterhaltung auf andere Gegenstände übergehen.

3. *Philippas Liebhaber*

Ein Jahr darauf kam eine noch bedeutendere Persönlichkeit als Leutnant Löwenhjelm nach Berlevaag.

Der große Sänger Achille Papin aus Paris hatte eine Woche lang an der Königlichen Oper in Stockholm gastiert und dort wie überall das Publikum hingerissen. Eines Abends hatte ihm eine Dame des Hofes, die von einem Roman mit dem Künstler träumte, die wilde, großartige Landschaft Norwegens geschildert. Seine eigene romantische Natur wurde durch die Erzählung angesprochen, und er nahm seinen Weg zurück nach Frankreich entlang der norwegischen Küste. Doch in der majestätischen Umgebung fühlte er sich klein; er hatte niemanden, mit dem er sprechen konnte, und versank in Melancholie, in der er sich als alten Mann empfand, am Ende seiner Karriere – bis er an einem Sonntag, da ihm nichts Besseres einfiel, in die Kirche ging und Philippa singen hörte. Da wußte und verstand er alles in einem einzigen Augenblick. Denn hier waren die schneeigen Gipfel, die wilden Blumen und die weißen nordischen Nächte in die ihm geläufige Sprache der Musik transponiert und dargebracht in der Stimme einer jungen Frau. Wie Lorens Löwenhjelm hatte er eine Vision.

Allmächtiger Gott, dachte er, deine Macht ist ohne Ende und deine Barmherzigkeit reicht bis in Wolkenhöhen. Das ist ja eine Opernprimadonna, die Paris zu ihren Füßen sehen wird.

Achille Papin war zu jener Zeit ein schöner Mann von vierzig Jahren mit schwarzem Lockenhaar und einem roten Mund. Die Vergötterung landaus landein hatte ihn nicht verdorben; er war ein gutherziger Mensch und ehrlich gegen sich selbst.

Er ging geradewegs zu dem gelben Haus, nannte seinen Namen – der dem Propst nichts sagte – und erklärte, er halte sich aus Gesundheitsgründen in Berlevaag auf und werde sich in dieser Zeit glücklich schätzen, die junge Dame als Schülerin zu unterrichten.

Die Pariser Oper erwähnte er nicht, sondern verbreitete sich darüber, wie herrlich Fräulein Philippa in der Kirche werde singen können, zur Ehre Gottes.

Einen Augenblick vergaß er sich. Als der Propst nämlich fragte, ob er römisch-katholisch sei, antwortete er wahrheitsgemäß, und der alte Pfarrherr, der nie einen leibhaftigen Katholiken gesehen hatte, verfärbte sich ein bißchen. Indessen vergnügte es den Propst, daß er französisch sprechen konnte; es erinnerte ihn an seine Jugendzeit, als er die Schriften des großen französischen Lutheraners Lefèvre d'Etaples studiert hatte. Und da niemand Achille Papin lang widerstehen konnte, wenn er sein Herz wirklich an eine Sache gehängt hatte, gab der Alte schließlich seine Zustimmung und bemerkte seiner Tochter gegenüber: «Gottes Wege laufen übers Meer und durchs Schneegebirg, wo ein Menschenauge keine Spur gewahrt.»

So fanden sich also der große französische Sänger und die junge Anfängerin aus Norwegen zur Arbeit zusammen. Achilles Erwartung steigerte sich zur Gewißheit, die Gewißheit zur Begeisterung. Er dachte: Das war ein Irrtum, als ich glaubte, ich würde alt. Meine größten Triumphe liegen noch vor mir. Die Welt wird noch einmal an Wunder glauben, wenn wir zwei zusammen singen.

Nach einiger Zeit konnte er sein Wunschbild nicht länger für sich behalten. Er erzählte Philippa davon.

Wie ein Stern würde sie aufgehen, sagte er ihr, und höher steigen als je eine Diva der Vergangenheit und Gegenwart. Kaiser und Kaiserin, die kaiserliche Prinzessin, die großen Damen und Schöngeister von Paris würden sie hören und Tränen dabei vergießen. Auch das einfache Volk würde sie anbeten, und den Entrechteten und Unterdrückten würde sie Trost und Kraft bringen. Wenn sie am Arm ihres Lehrers die Große Oper verließe, würde ihr die Menge die Pferde ausspannen und sie ins Café Anglais ziehen, wo ein prächtiges Souper ihrer harrte.

Philippa erzählte dem Vater und der Schwester nichts von diesen Zukunftsaussichten. Es war das erste Mal in ihrem Leben, daß sie etwas vor den beiden geheimhielt.

Nun kam es zu dem, daß der Lehrer seiner Schülerin die Rolle der Zerline in Mozarts Don Giovanni zu studieren aufgab. Er selber, wie oft genug vorher, sang den Don Giovanni.

Nie im Leben hatte er so gesungen. In dem Duett im zweiten Akt – dem sogenannten Verführungsduett – brachte ihn die Himmelsmusik und der Zusammenklang der beiden Himmelsstimmen völlig aus der Fassung. Als die letzte Note dahinschmolz, faßte er Philippas Hand, zog die junge Frau an sich und küßte sie feierlich, wie ein Verlobter seine Braut am Altar küssen mochte. Dann ließ er sie gehen. Der Augenblick war zu erhaben für jedes weitere Wort, jede weitere Bewegung; Mozart selbst blickte auf sie beide herab.

Philippa ging nach Hause, sagte ihrem Vater, sie wünsche keine Gesangsstunden mehr zu nehmen, und bat ihn, er möchte das Monsieur Papin brieflich mitteilen.

«Und auch über Wasserflüsse läuft Gottes Weg, mein Kind», bemerkte der Propst.

Als Achille den Brief des Alten erhielt, saß er eine Stunde wie gelähmt. Er dachte: Ich habe mich geirrt. Mein Tag ist zu Ende. Nie wieder werde ich der göttliche Papin. Und die Welt, die elende Unkrautsteppe, hat ihre Nachtigall verloren.

Später dachte er: Was hat sie denn nur, die kleine Range? Ich habe sie wohl gar geküßt?

Und zum Schluß: Da hab ich mein Leben für einen Kuß verloren, und kann mich nicht einmal erinnern an den Kuß. Don Giovanni küßte Zerline, und Achille Papin muß dafür bezahlen. Das ist Künstlerlos!

Im Propsthaus bemerkte Martine, daß die Sache tiefer ging, und forschte im Gesicht der Schwester. Einen Augenblick, und der Gedanke machte sie zittern, hatte sie das Gefühl, der fremde Herr, der römisch-katholische, könnte versucht haben, Philippa zu küssen. Sie konnte sich nicht vorstellen, daß ihre Schwester über etwas in ihrer eigenen Natur überrascht und erschrocken sein könnte.

Achille Papin verließ Berlevaag mit dem nächsten Boot.

Von diesem Gast aus der großen Welt sprachen die Schwestern nur wenig. Es fehlte ihnen an den richtigen Worten dazu.

4. *Ein Brief aus Paris*

Fünfzehn Jahre später, in einer regnerischen Juninacht des Jahres 1871, wurde dreimal heftig am Klingelzug des gelben Hauses gerissen. Die beiden Hausherrinnen öffneten und fanden eine üppig gebaute, schwarzhaarige, totenblasse Frau mit einem Bündel am Arm vor der Tür stehen, die sie anstarrte, einen Schritt vortrat und plötzlich wie tot auf der Schwelle niedersank. Als die erschrockenen Damen sie ins Leben zurückgerufen hatten, setzte sie sich auf, schaute sie abermals lang aus ihren tiefliegenden Augen an, wühlte – ohne bei alledem ein Wort zu sprechen – in ihrer durchnäßten Kleidung und brachte einen Brief zum Vorschein, den sie den beiden überreichte.

Er war richtig an sie adressiert, jedoch in französischer Sprache. Die Schwestern steckten die Köpfe zusammen und lasen. Der Brief lautete:

Meine Damen!

Erinnern Sie sich noch an mich? Mir, wenn ich an Sie denke, wird immer das Herz weit, und alles duftet nach Maiglöckchen. Ob wohl die Erinnerung an einen Franzosen und seine Ergebenheit Sie dazu vermag, einer Französin das Leben zu retten?

Die Überbringerin dieses Briefes, Madame Babette Hersant, hat ebenso wie meine göttliche Kaiserin aus Paris fliehen müssen. Der Bürgerkrieg hat in unseren Straßen getobt.

Franzosen haben französisches Blut vergossen. Die edelgesinnten Kommunarden, die die Menschenrechte verteidigen wollten, hat man zermalmt und vernichtet. Madame Hersants Gatte und Sohn, beide hervorragende Damenfriseure, wurden füsiliert. Sie selbst hat man als Pétroleuse festgenommen (das Wort bezeichnet hierorts Frauen, die Häuser mit Petroleum in Brand stecken), und sie ist mit knapper Not den blutbefleckten Händen des Generals Galliffet entronnen. Sie hat alle ihre Habe verloren und kann nicht länger in Frankreich bleiben.

Ein Neffe von ihr ist Koch auf der *Anna Colbjörnsson,* die nach Kristiania fährt (meines Wissens die Hauptstadt von Norwegen); er hat seiner Tante die Überfahrt verschafft. Ihr letzter trauriger Ausweg!

Da sie weiß, daß ich ehemals Ihr herrliches Land besucht habe, wendet sie sich an mich mit der Frage, ob in Norwegen gute Menschen wohnen, und mit der Bitte, ihr in diesem Fall einen Empfehlungsbrief mitzugeben. Die beiden Worte «gute Menschen» rufen mir alsbald Ihr Bild ins Gedächtnis, Ihr mir so teures Bild. Ich schicke sie zu Ihnen.

Wie sie von Kristiania nach Berlevaag kommen soll, weiß ich nicht, da mir die Landkarte von Norwegen nicht gegenwärtig ist. Es handelt sich aber um eine Französin, und Sie werden finden, daß ihr auch jetzt noch im Unglück erfinderischer Sinn, Menschlichkeit und wahre Seelengröße eigen sind.
Bei allem ihrem Kummer beneide ich sie: sie wird Ihnen ins Antlitz blicken. Indem Sie sie gnädig aufnehmen, schicken Sie, bitte, auch ein gnädiges Gedenken nach Frankreich.
Fünfzehn Jahre lang, Fräulein Philippa, habe ich mich gegrämt, daß Ihre Stimme nicht die Pariser Große Oper mit Wohlklang hat erfüllen dürfen. Wenn ich zu dieser nächtlichen Stunde Ihrer gedenke – zweifellos umgeben von einer zärtlichen, lebensfrohen Familie – und wenn ich mich selber ansehe: grau und einsam, und vergessen von denen, die mir einst Beifall und Verehrung darbrachten –, dann will mir scheinen, Sie haben den besseren Teil im Leben erwählt. Was ist schon Ruhm? Was ist schon öffentliches Ansehen? – Das Grab wartet auf uns alle.
Und doch, meine verlorene Zerline, und doch, Sie schneegeborener Sopran! – wäh-

rend ich dies schreibe, sagt mir ein Gefühl, daß das Grab nicht das Ende ist. Im Paradies werde ich Ihre Stimme wieder hören. Dort werden Sie singen, furchtlos und ungehemmt, so wie Gott es Ihnen bestimmt hat. Dort werden Sie die große Künstlerin sein, als die Gott Sie schuf. Und ein Entzücken, ein Entzücken für die Engel.

Babette kann kochen.

Geruhen Sie, meine Damen, die tiefergebene Huldigung entgegenzunehmen eines Freundes aus uralter Zeit – Achille Papin.

Unten auf dem Briefblatt waren als ein Postskriptum säuberlich die beiden ersten Takte des Duetts zwischen Don Giovanni und Zerline abgemalt, so:

Die zwei Schwestern hatten bisher nur ein kleines fünfzehnjähriges Dienstmädchen zur Hilfe im Haus gehabt und mußten sich sagen, daß sie sich unmöglich eine ältere, erfahrene Wirtschafterin leisten könnten. Babette aber erklärte ihnen, bei den von Mon-

sieur Papin empfohlenen guten Menschen diene sie umsonst; sie werde auch bei niemanden anderem in Dienst treten. Wenn sie sie wegschickten, müsse sie sterben.
So blieb also Babette im Haus der Propsttöchter, zwölf Jahre lang, bis zur Zeit dieser Geschichte.

5. *Ruhiges Leben*

Als Babette ankam, war sie abgehärmt und verschreckt wie ein gejagtes Wild; in der neuen, freundlichen Umgebung aber gewann sie bald das Aussehen einer bewährten, vertrauenswürdigen Bedienerin. Als Bettlerin schien sie einzuziehen; bald erwies sie sich als sieghafte Natur. Ihr stilles Antlitz, ihr unbeirrbarer, tiefer Blick hatten magnetische Gewalt; unter ihren Augen bewegten sich die Dinge, lautlos, an ihre Plätze.
Ihre Herrinnen hatten zuerst, so wie damals der Propst, ein wenig bei dem Gedanken gezittert, eine Papistin unter ihrem Dach aufzunehmen. Indessen wollten sie einem hartgeprüften Mitmenschen nicht gern mit Bibelunterricht beschwerlich fallen; abgesehen

davon, daß sie ihres Französischen nicht so ganz sicher waren. Sie einigten sich stillschweigend darauf, das Vorbild eines gut lutherischen Lebens werde zur Bekehrung der Dienerin das beste Mittel sein. Babettes Gegenwart im Haus wurde auf diese Weise sozusagen zu einem moralischen Ansporn für die Bewohnerinnen.

Auf Monsieur Papins Behauptung, daß Babette kochen könne, hatten sie kein Zutrauen gesetzt. In Frankreich, das wußten sie, aßen die Leute Frösche. Sie zeigten Babette, wie man Stockfisch und Brotsuppe mit Bier zubereitet: während der Vorführung wurde das Gesicht der Französin völlig ausdruckslos. Binnen einer Woche aber kochte Babette ihren Stockfisch und ihre Brotsuppe mit Bier so tadellos, als wäre sie in Berlevaag geboren und großgeworden.

Der Gedanke an überzüchtetes französisches Wohlleben war der nächste Punkt, der die Propsttöchter beunruhigte und schreckte. Am ersten Tag nach Babettes Dienstantritt nahmen sie sie beiseite und setzten ihr auseinander, sie seien arme Leute und ein üppiger Küchenzettel wäre in ihrem Fall sündhaft. Was für sie gekocht würde, müsse von äußerster Einfachheit sein; nur auf die Suppennäpfe und Eßkörbe für ihre Armen sei allenfalls Sorgfalt zu verwenden. Babette nickte mit dem Kopf: als junges Mädchen, teilte sie den Damen mit, sei sie Köchin bei einem alten Geistlichen gewesen, einem Heiligen durch und durch. Die Schwestern beschlossen daraufhin, den französischen Gottesmann an Askese zu übertreffen. Und sie stellten fest, daß von dem Tage an, da Babette die Wirtschaftsführung übernahm, sich die Ausgaben auf wunderbare Weise verringerten und die Suppennäpfe und Eßkörbe eine neue, geheimnisvolle Kraft der Anregung und Stärkung für die Armen und Kranken erlangten.

Auch die Welt außerhalb des gelben Hauses mußte Babettes vorzügliche Eigenschaften zur Kenntnis nehmen. Die Ausländerin lernte zwar nie die Sprache ihrer neuen Heimat sprechen; doch drückte sie in ihrem gebrochenen Norwegisch noch den halsabschneiderischsten Handelsleuten von Berlevaag die Preise. Am Fischereihafen und auf dem Markt verbreitete sie Furcht und Schrecken.

Die alten Brüder und Schwestern, die anfangs mißtrauisch auf die ausländische Weibsperson in ihrer Mitte geblickt hatten, nahmen eine glückliche Veränderung im Leben ihrer kleinen Schwestern wahr, freuten sich dessen und hatten ihren Nutzen davon. Sie bemerkten, daß Mühen und Sorgen aus deren Dasein fortgezaubert waren und daß sie nun Geld fortgeben konnten und Zeit hatten für die Heimlichkeiten und Klagen ihrer alten Freunde und Frieden für besinnliche Beschäftigung mit himmelsnahen Dingen. Im Laufe der Zeit schloß so manches Mitglied der Gemeinde Babettes Namen in sein Gebet ein und dankte Gott für die stumme Fremde, diese dunkle Martha im Haus ihrer beiden blonden Marien. Der Stein, den die Baumeister beinahe verworfen hätten, war zu einem wichtigen Eckstein geworden. Die Damen vom gelben Haus waren die einzigen, die wußten, daß ihr Eckstein geheimnisvolle und beunruhigende Wesenszüge trug, als wäre er entfernt verwandt mit dem Schwarzen Stein von Mekka, der Kaaba selbst.

Babette sprach kaum jemals von ihrem früheren Leben. Wenn die Schwestern ihr in der

Anfangszeit wegen ihrer Verluste freundlich Trost zusprechen wollten, war sie ihnen mit jener Menschlichkeit und wahren Seelengröße entgegengetreten, von der Monsieur Papin geschrieben hatte. «Was wollen Sie, meine Damen?» hatte sie geantwortet und mit den Achseln gezuckt, «es ist Schicksal.»

Eines Tages aber vertraute sie ihnen unvermutet an, daß sie schon seit Jahr und Tag in einer französischen Lotterie eine bestimmte Nummer spiele und daß ein treuer Freund in Paris jedes Jahr den Einsatz für sie erneuere. Da könne sie einmal den Grand Prix, zehntausend Francs, gewinnen. Von da an hatten die Schwestern das Gefühl, daß die Reisetasche ihrer Köchin aus einem Stück Zauberteppich angefertigt sei; zu einem bestimmten Zeitpunkt mochte sie sich, wie in einen fliegenden Koffer, hineinsetzen und entschweben, zurück nach Paris.

Es konnte auch vorkommen, wenn Martine oder Philippa mit Babette sprachen, daß sie keine Antwort erhielten und sich fragen mußten, ob die Französin ihre Worte überhaupt gehört hatte. Oder sie fanden sie in der Küche, die Ellbogen auf dem Tisch, die

Schläfen in die Hände gestützt, tief in die Lektüre eines schweren schwarzgebundenen Buchs versunken, von dem die Schwestern insgeheim argwöhnten, es müsse ein papistisches Gebetbuch sein. Zuweilen saß sie auch regungslos auf dem dreibeinigen Küchenstuhl, hatte die starken Hände in den Schoß gelegt und starrte aus weitoffenen dunklen Augen vor sich hin, rätselvoll und unheilschwanger wie eine Pythia auf dem Dreifuß. In solchen Augenblicken merkten sie, daß Babette ein tiefes Wasser war und daß im Unauslotbaren ihres Wesens Leidenschaften, Erinnerungen und Wünsche verborgen lagen, von denen sie nicht das geringste ahnen konnten.

Ein kalter kleiner Schauder überrieselte sie, und in ihrem Herzen mußten sie denken: Ob sie nicht vielleicht doch eine Pétroleuse gewesen ist?

6. *Babettes Glückstreffer*

Der fünfzehnte Dezember war der hundertste Geburtstag des verstorbenen alten Propstes.

Die beiden Töchter hatten sich lange auf den Tag gefreut und wünschten, ihn festlich zu begehen, als weilte der liebe Vater noch unter seinen Jüngern. Aus diesem Grunde war es für sie ein trauriges und unbegreifliches Erlebnis gewesen, daß im letzten Jahr Zwietracht und Zank in seiner Herde ihr Haupt erhoben hatten. Die Schwestern hatten sich bemüht Frieden zu stiften, aber sie wußten, es war ihnen mißlungen. Es war, als wäre die feine und liebenswerte Ausstrahlung von ihres Vaters Persönlichkeit im Verdunsten begriffen, so wie Hoffmannstropfen verdunsten, wenn man sie unverkorkt in der Flasche auf einem Regal stehenläßt. Sein Hingang hatte eine Tür offenstehen lassen zu Dingen, die den zwei Schwestern – viel jünger als seine geistigen Kinder – bislang unbekannt waren. Aus einer ein halbes Jahrhundert zurückliegenden Vergangenheit, als die von keinem Hirten geleiteten Schafe noch im Gebirge irregelaufen waren, drängten sich ungebetene widrige Gäste hinter den Gläubigen durch die offene Tür und schienen die engen Räume zu verfinstern und Kälte hereinzulassen. Die Sünden alter Brüder und Schwestern meldeten sich, mit spätem durchdringenden Reueschmerz wie Zahnweh, und auch die Verfehlungen anderer gegen sie kehrten als bitterer Stachel wieder, wie eine Blutvergiftung.

Da gab es in der Sektengemeinschaft zwei alte Frauen, die sich vor ihrer Bekehrung gegenseitig verleumdet und einander eine Ehe und eine Erbschaft ruiniert hatten. Jetzt konnten sie sich nicht mehr erinnern, was gestern oder vor einer Woche geschehen war; aber jenes vierzig Jahre alte Unrecht wußten sie noch und gingen die alte Rechnung durch, mit Gift und Galle aufeinander. Da war ein alter Bruder, dem plötzlich in den Sinn kam, ein anderer Bruder habe ihn vor fünfundvierzig Jahren geschäftlich übers Ohr gehauen; es wäre ihm vielleicht lieber gewesen, die Sache aus dem Sinn zu bekommen, aber sie saß da fest wie ein tiefeingedrungener eiternder Splitter. Ein grauhaariger, ehrbarer Schiffer in der Gemeinde und eine runzlige, gottesfürchtige Witwe hatten in ihren jungen Tagen, als sie mit einem anderen verheiratet war, ein Verhältnis miteinander gehabt. Neuerdings nun hatten sie angefangen, sich Skrupel zu machen; sie schoben die Last der Schuld einander zu und sorgten sich um die möglichen schrecklichen Folgen, die eine Ewigkeit lang andauern würden und von einem Menschen verursacht wären, der doch behauptet hatte, er habe einen lieb. Bei den Zusammenkünften im gelben Haus erbleichten sie voreinander und vermieden es, sich ins Auge zu sehen.

Als der Geburtstag näher kam, fühlten Martine und Philippa die Verantwortung immer schwerer werden. Ob der liebe, immer zuverlässige Vater auf die Töchter herabblicken und sie als unwerte Verwalterinnen anprangern würde? Untereinander besprachen sie sich ein übers andere Mal und wiederholten sich ihres Vaters Ausspruch, daß Gottes Wege auch übers salzige Meer und durchs Schneegebirg laufen, wo ein Menschenauge keine Spur gewahrt.

Eines Tages im Sommer brachte die Post einen Brief aus Frankreich für Madame Babette Hersant. Das war an sich schon eine Überraschung, denn während all der zwölf Jahre hatte Babette nie einen Brief erhalten. Was, fragten sich die Damen des Hauses, konnte darin stehen? Sie brachten ihn in die Küche, um dabei zu sein, wenn sie ihn öffnete und las. Babette öffnete ihn, las, hob die Augen von dem Briefblatt zu den Gesichtern der beiden und erzählte ihnen, daß ihre Nummer in der französischen Lotterie herausgekommen war. Sie hatte zehntausend Francs gewonnen.

Die Nachricht machte auf die zwei Schwestern einen solchen Eindruck, daß sie eine geschlagene Minute kein Wort hervorbrachten. Sie waren ihrerseits daran gewöhnt, ihre bescheidene Pension in kleinen Teilbeträgen zu erhalten, und es fiel ihnen schwer, sich die Summe von zehntausend Francs auf einem Haufen vorzustellen. Dann drückten sie Babette die Hand, wobei ihnen selbst die Hand ein bißchen zitterte. Sie hatten noch nie einer Person die Hand gedrückt, die einen Augenblick zuvor in den Besitz von zehntausend Francs gekommen war.

Nach einiger Zeit machten sie sich klar, daß die Geschehnisse für sie nicht weniger zu bedeuten hatten als für Babette. Das Land Frankreich, fühlten sie, erhob sich langsam überm Horizont ihrer Dienerin, und im selben Maße wankte ihre eigene Existenz unter ihren Füßen. Die zehntausend Francs, die Babette reich machten, wie arm wurde das Haus davon, in dem sie gedient hatte! Eine nach der anderen begannen alte, längst vergessene Sorgen und Beschwerlichkeiten sie aus den vier Ecken der Küche anzustarren. Die Glückwünsche erstarben ihnen auf den Lippen, und die zwei frommen Frauen schämten sich ihres Schweigens.

Während der folgenden Tage eröffneten sie ihren Freunden die Nachricht mit fröhlicher Miene, doch es tat ihnen gut, als sie sahen, wie die Gesichter ihrer Freunde beim Zuhören traurig wurden. Die Gemeinde empfand, daß niemand Babette einen Vorwurf machen konnte: Vögel streben ins Nest zurück und Menschenkinder in ihr Geburtsland. Doch vergegenwärtigte sich die gute und getreue Dienerin, daß sie mit ihrem Weggang aus Berlevaag viele alte und bedürftige Leute in einer Notlage zurücklassen würde? Die kleinen Schwestern würden nun keine Zeit mehr für die Kranken und Mühseligen haben. Wahrlich, wahrlich, Lotterien waren Teufelswerk.

Schließlich traf denn auch das Geld ein, durch Firmen in Kristiania und Berlevaag angewiesen. Die beiden Damen halfen Babette beim Zählen und gaben ihr ein Kästchen zur Aufbewahrung. So machten sie eigenhändige und recht intime Bekanntschaft mit den fatalen Papierfetzen.

Sie wagten nicht, Babette danach zu fragen, wann sie abreisen wollte. Vielleicht bestand doch Grund zu der Hoffnung, daß sie noch über den fünfzehnten Dezember bliebe.

Die Schwestern waren sich nie ganz klar darüber gewesen, wieviel die Köchin von ihren Privatgesprächen auffing oder gar verstand. Deshalb waren sie überrascht, als Babette an einem Septemberabend ins Wohnzimmer kam, bescheidener und zurückhaltender, als sie sie je gesehen hatten, und sich eine Vergünstigung erbat. Sie bitte darum, sagte sie, daß man sie am Geburtstag des Propstes ein Festessen kochen lasse.

Die Damen hatten nicht beabsichtigt, überhaupt ein Essen zu geben. Ein karger kalter Imbiß mit einer Tasse Kaffee war die aufwendigste Mahlzeit, zu der sie jemals einen Gast gebeten hatten. Aber Babettes dunkle

Augen waren so eifrig und flehend wie die eines Hundes, und sie erklärten sich mit ihrem Wunsch einverstanden. Das Gesicht der Köchin leuchtete auf.

Doch hatte sie noch mehr vorzubringen. Sie wolle, sagte sie, dieses eine Mal ein französisches Diner kochen, ein echtes französisches Diner. Martine und Philippa blickten einander an. Der Gedanke war ihnen nicht geheuer; sie merkten, daß ihrer Fassungskraft entzogen war, was er in sich schließen mochte. Indessen fühlten sie sich gerade von der Seltsamkeit des Ansinnens entwaffnet. Sie hatten keine Einwände zur Hand gegen diesen Vorschlag, ein echtes französisches Diner zu kochen. Babette seufzte glücklich, ging aber immer noch nicht. Sie hatte noch eine Bitte vorzutragen. Die Damen sollten ihr erlauben, bat sie, daß sie das französische Essen von ihrem eigenen Geld bezahle.

«Nein, Babette!» riefen die Damen aus. Daß sie sich so etwas einfallen lassen könnte! Sie werde doch nicht etwa glauben, daß sie sie ihr teures Geld für Essen und Trinken ausgeben ließen – und noch dazu für sie. Nein, Babette, das komme nicht in Frage.

Babette trat einen Schritt nach vorn. Es war etwas Fürchterliches in der Bewegung, wie im Steigen einer Welle. War sie so nach vorn geschritten, 1871, und hatte eine rote Fahne auf die Barrikade gepflanzt? Sie begann eine längere Rede in ihrem krausen Norwegisch, mit klassischer französischer Beredsamkeit; ihre Stimme war wie Gesang.

Meine Damen! Hatte sie auch nur einmal, in all den zwölf Jahren, um einen Gefallen gebeten? Nein! Und warum nicht? Ach, meine Damen, Sie, die Sie tagtäglich Ihre Gebete sprechen, können Sie sich vorstellen, wie einem Menschenherzen zumute ist, das niemals etwas bitten darf? Worum hätte Babette denn auch schon bitten sollen? Um nichts! Heute abend hatte sie eine Bitte, so recht aus Herzensgrund. Fühlen Sie denn nicht, meine Damen, daß es Ihnen ansteht, Babette diese Bitte zu gewähren, ebenso freudig, wie der liebe Gott Ihnen Ihre Bitten gewährt hat?

Eine Weile sagten die Damen nichts. Babette hatte recht: es war ihre erste Bitte in den zwölf Jahren; sehr wahrscheinlich würde es ihre letzte sein. Sie ließen sich die Sache durch den Kopf gehen. Recht besehen, sag-

ten sie sich, war ihre Köchin inzwischen besser gestellt als sie selber, und ein Abendessen konnte einer Person nicht allzuviel ausmachen, die zehntausend Francs besaß.
Ihre schließlich gegebene Zusage veränderte Babette vollständig. Sie sahen, daß sie als junge Frau schön gewesen sein mußte. Und sie fragten sich, ob nicht vielleicht sie selber in diesem Augenblick erst, zum allerersten Mal, in Babettes Vorstellung die «guten Menschen» geworden waren, von denen Achille Papins Brief sprach.

7. *Die Schildkröte*

Im November begab sich Babette auf eine Reise.
Sie habe Vorbereitungen zu treffen, sagte sie den Herrinnen, und müsse acht bis zehn Tage Urlaub haben. Der Neffe, der sie seinerzeit nach Kristiania gebracht hatte, fuhr immer noch diese Route; ihn müsse sie treffen und einige Dinge mit ihm besprechen. Babette vertrug Seereisen nicht; sie bezeichnete die eine, die sie gemacht hatte, von Frank-

reich nach Norwegen, als ihr abscheulichstes Erlebnis. Nun aber war sie seltsam gefaßt und entschlossen; die Damen hatten das Gefühl, daß ihr Herz bereits in Frankreich war. Nach zehn Tagen erschien sie wieder in Berlevaag.

Ob sie alle ihre Angelegenheiten nach Wunsch erledigt habe, erkundigten sich die Damen. Ja, war die Antwort; sie habe ihren Neffen gesprochen und ihm ein Verzeichnis der Waren übergeben, die er ihr aus Frankreich mitbringen sollte. Für Martine und Philippa war das ein dunkler Ausspruch, doch hatten sie wenig Neigung, sich mit Babette über ihre Abreise zu unterhalten, und stellten ihr daher keine weiteren Fragen.

Babette zeigte sich in den nächsten Wochen etwas unruhig; eines Dezembertags aber verkündete sie ihren Herrinnen triumphierend, daß die Waren in Kristiania angekommen, dort umgeladen worden und am heutigen Tag in Berlevaag angelangt seien. Sie habe, fügte sie hinzu, einen alten Mann mit einem Schubkarren gewonnen; der werde ihr alles vom Hafen ins Haus transportieren.

Aber was für Waren eigentlich, Babette?

wollten die Damen wissen. Was für Waren? erwiderte Babette. Die Waren, Mesdames, die Zutaten zum Geburtstagsessen. Gott sei Lob und Dank, sie seien alle in gutem Zustand aus Paris eingetroffen.
Babette war in diesem Augenblick, wie der Flaschenteufel im Märchen, bereits zu solch gewaltigen Dimensionen herangewachsen, daß die beiden Damen sich winzig klein neben ihr vorkamen. Sie sahen nun das französische Diner auf sich zukommen als ein Ding von unberechenbarem Wesen und Ausmaß. Indessen hatten sie niemals im Leben ein Versprechen nicht eingehalten, und so gaben sie sich denn der Köchin in die Hand.
Gleichwohl, als Martine eine Karrenlast von Flaschen in der Küche anrollen sah, erstarrte sie. Sie berühte die Flaschen und hob eine hoch. «Was ist da drin, Babette?» fragte sie. «Doch nicht Wein?» – «Wein, Madame», erwiderte Babette, «nein, ein Clos Vougeot von 1846!» Nach einer Weile fügte sie hinzu: «Von Philippe in der Rue Montorgueil!»
Martine hatte nicht im entferntesten geahnt, daß ein Wein einen eigenen Namen haben könnte, und mußte verstummen.

Später am Abend öffnete sie auf ein Klingeln und sah sich abermals dem Schubkarren gegenüber, hinter dem diesmal ein rothaariger Schiffsjunge stand, als wäre der alte Mann inzwischen von Kräften gefallen. Der Junge grinste sie an, als er einen riesigen, unbestimmbaren Gegenstand von dem Schubkarren hob. Im Lampenschimmer sah er aus wie eine Art grünschwarzer Stein, aber als er auf dem Küchenboden abgesetzt war, ließ er plötzlich einen schlangenähnlichen Kopf nach außen schießen und gemächlich hin und her wackeln. Martine hatte Abbildungen von Schildkröten gesehen und als Kind sogar selber eine Zwergschildkröte als Spielzeug besessen, aber das Ding hier war von unförmiger Größe und schrecklich anzusehen. Sie drückte sich wortlos rückwärts zur Küche hinaus.

Sie wagte nicht, ihrer Schwester zu berichten, was sie gesehen hatte. Sie verbrachte eine nahezu schlaflose Nacht; sie dachte an ihren Vater und hatte das Gefühl, daß sie und ihre Schwester ausgerechnet an seinem Geburtstag sein Haus für einen Hexensabbat zur Verfügung stellten. Als sie endlich einschlief, hatte sie einen schrecklichen Traum: Babette, träumte sie, vergiftete die alten Brüder und Schwestern, Philippa und sie selbst. Frühmorgens erhob sie sich, zog ihren grauen Mantel an und ging auf die dunkle Straße hinaus. Sie wanderte von Haus zu Haus, vertraute sich den Brüdern und Schwestern an und bekannte ihre Schuld. Sie und Philippa, sagte sie, hätten es nicht bös gemeint; sie hätten ihrer Dienerin eine Bitte erfüllt und nicht vorhergesehen, was daraus entstehen würde. Nun könne sie nicht sagen, was beim Geburtstag ihres Vaters den Gästen an Speis und Trank vorgesetzt würde. Die Schildkröte erwähnte sie nicht ausdrücklich; doch in ihrem Gesicht und Stimmklang war das Erlebnis gegenwärtig.

Die alten Leute, wie bereits berichtet, hatten allesamt Martine und Philippa als kleine Mädchen gekannt und miterlebt, wie sie über eine zerbrochene Puppe bittere Tränen vergossen hatten. Die Tränen jetzt in Martines Augen machten auch ihnen die Augen feucht. Am Nachmittag kamen sie zusammen und sprachen die Sache durch.

Bevor sie auseinandergingen, gelobten sie

einander, daß sie den kleinen Schwestern zuliebe an dem großen Tage unter keinen Umständen über Speis und Trank ein Wort verlauten lassen wollten. Nichts, was man ihnen vorsetzen würde, und sollten es selbst Frösche oder Schnecken sein, würde ihren Lippen ein Sterbenswort entringen.

«Denn ob sie auch schweiget», sagte ein weißbärtiger Bruder, «die Zunge ist doch allemal klein unter den Gliedern des Leibes und bewirket doch viel. Die Zunge kann kein Mensch bezähmen, sie ist zuchtlos und vom Übel, und ist voller Gift. Am Tage unseres Meisters wollen wir unsere Zungen reinmachen von allem Geschmack und sie reinigen von aller Lust und allem Ekel der Sinne, um sie zu bewahren und zu behüten für das höhere Geschäft des Lob- und Dankgesanges.»

So spärlich waren die Begebenheiten im stillen Leben der Berlevaager Bruderschaft, daß sie sich in diesem Augenblick tief bewegt und erhoben fühlten. Sie bekräftigten ihr Gelübde mit einem Händedruck, und ihnen war zumute, als täten sie es im Angesicht ihres Meisters.

8. *Der Choral*

Am Sonntagmorgen begann es zu schneien. Die weißen Flocken fielen schnell und dicht; die schmalen Fensterscheiben des gelben Hauses waren bald zugewachsen.

Am frühen Vormittag brachte ein Reitknecht aus Fossum den zwei Schwestern ein Briefchen. Die alte Frau Löwenhjelm lebte immer noch in ihrem Landhaus. Sie war jetzt neunzig Jahre alt und stocktaub und hatte auch den Geruchs- und Geschmackssinn völlig verloren. Doch hatte sie zu den ersten Anhängerinnen des Propstes gezählt, und nun wollte sie sich weder von ihrer Gebrechlichkeit noch von den Strapazen einer Schlittenreise abhalten lassen, seinem Gedächtnis Reverenz zu erweisen. Inzwischen sei, so schrieb sie in ihrem Brief, ihr Neffe, General Lorens Löwenhjelm, unerwartet zu Besuch gekommen; er habe sich in tiefster Verehrung über den Propst geäußert, und sie bitte um die Erlaubnis, ihn mitbringen zu dürfen. Es werde ihm gut tun; der gute Junge scheine sich in etwas niedergeschlagener Stimmung zu befinden.

Martine und Philippa erinnerten sich sogleich des jungen Offiziers und seiner Besuche; es tat ihnen wohl in ihrer gegenwärtigen Beunruhigung, sich über vergangene glückliche Tage zu unterhalten. Sie schrieben zurück, General Löwenhjelm sei herzlich willkommen. Auch Babette wurde hereingerufen und unterrichtet, sie würden nun zwölf bei Tische sein; die Schwestern fügten hinzu, daß der neuangemeldete Gast mehrere Jahre in Paris gelebt habe. Babette schien über die Nachricht erfreut und versicherte den Damen, zu essen sei genug da.

Die beiden Hausherrinnen trafen ihre kleinen Vorbereitungen im Wohnzimmer. In die Küche wagten sie keinen Fuß zu setzen, denn Babette hatte sich auf rätselhafte Weise einen Kombüsenmaat von einem im Hafen liegenden Schiff gegriffen – den Jungen, den Martine damals die Schildkröte hatte bringen sehen –; er sollte ihr in der Küche helfen und das Essen auftragen, und nun hatten die beiden, die dunkelhaarige Frau und der rothaarige Junge, gleichsam als Hexe mit Hausgeist, diese Regionen in Besitz genommen. Den Damen blieb völlig unbekannt,

was da seit Tagesanbruch an Feuern brannte und an Kesseln brodelte.
Tischwäsche und Geschirr waren wie von Zauberhand geplättet und geputzt, Gläser und Karaffen standen bereit; nur Babette wußte, woher sie kamen. Das Propsthaus verfügte über keine zwölf Eßzimmerstühle; man hatte das große roßhaargepolsterte Sofa aus dem Salon ins Eßzimmer geschoben, und der Empfangsraum, ohnehin schon spärlich möbliert, sah nun ohne das Möbelstück seltsam kahl und leer aus.
Martine und Philippa taten ihr Bestes, die ihnen verbliebenen Bereiche zu verschönern. Was ihren Gästen auch an Unbill bevorstehen mochte, sie sollten es wenigstens nicht kalt haben, und so fütterten die Schwestern den gewaltigen alten Kachelofen von früh bis spät mit Birkenprügeln. Sie schlangen eine Wacholdergirlande um das Porträt ihres Vaters an der Wand und stellten Kerzenleuchter auf das unter dem Bild stehende Nähtischchen ihrer Mutter; sie verbrannten Wacholderzweige, damit es gut duftete. Mitunter überlegten sie, ob der Schlitten aus Fossum bei diesem Wetter durchkommen würde. Zu

guter Letzt legten sie ihre schon recht alten besten schwarzen Kleider an, mit den goldenen Kreuzchen von der Konfirmation. So setzten sie sich hin, falteten die Hände im Schoß und gaben sich in Gottes Hand.

Die alten Brüder und Schwestern langten grüppchenweise an und traten langsam und feierlich ins Zimmer.

Der niedrige Raum mit seinem kahlen Fußboden und dem dürftigen Mobiliar war den Jüngern des Propstes teuer. Draußen hinter seinen Fenstern lag die große Welt. Von hier innen gesehen, war diese große Welt jetzt in ihrem winterlichen Weiß sehr säuberlich rosa, blau und rot von den Hyazinthen auf den Fensterbrettern eingefaßt. Im Sommer aber, wenn die Fenster offenstanden, hatte die große Welt draußen einen etwas anderen, ebenso zarten Rahmen aus weißen Musselinvorhängen.

An diesem Abend empfing die Gäste gleich an der Türschwelle ein Hauch von Wärme und Wohlgeruch, und sie blickten ihrem geliebten Meister ins Gesicht – es war mit Grün umkränzt. Ihre Herzen und ihre blutleeren Finger begannen aufzutauen.

Nach einem kurzen Schweigen stimmte ein betagter Bruder mit zitterndem Falsett einen vom Meister selbst verfaßten Choral an:

«Jerusalem, du hohe Stadt,
Du Name, teuer mir...»

Eine nach der anderen fielen die Stimmen ein, dünne, brüchige Frauenstimmen, das tiefe Gebrumm ehemals seefahrender Brüder, und über allen Philippas heller Sopran, ein bißchen mitgenommen vom Alter, aber noch immer engelhaft. Unwillkürlich hatten die Sänger einander bei den Händen gefaßt. Sie sangen den Choral zu Ende, brachten es aber nicht übers Herz, es damit genug sein zu lassen, sondern begannen einen zweiten:

«Speis und Trank und schnöde Hülle
Kümmern Gottes Kinder nicht...»

Die Damen des Hauses fühlten sich von diesem Lied etwas aufgerichtet, und die Worte im dritten Vers:

«Gäbst du Steine wohl und Nattern
Deinem Kind als Speise hin?...»

trafen Martine mitten ins Herz und flößten ihr Hoffnung ein.

Der Choral war noch nicht beendet, da hörte man draußen Schlittenglöckchen. Die Gäste aus Fossum waren angekommen.
Martine und Philippa eilten ihnen entgegen und führten sie ins Empfangszimmer. Frau Löwenhjelm war vor Alter winzig klein geworden; ihr Gesicht fahl wie Pergament und sehr still. General Löwenhjelm an ihrer Seite, groß, breit, mit frischem Gesicht, in leuchtender Uniform, die Brust mit Orden bedeckt, stolzierte und prunkte wie ein Wappenvogel, ein Goldfasan oder Pfau, in dieser anspruchslosen Gesellschaft von Krähen und Dohlen.

9. *General Löwenhjelm*

General Löwenhjelm war in einer seltsamen Stimmung von Fossum nach Berlevaag herübergefahren. Er war dreißig Jahre nicht mehr in dieser Gegend des Landes gewesen; er hatte sich zu dem Besuch entschlossen, weil er von dem betriebsamen Hofleben Ruhe suchte, aber er hatte diese Ruhe nicht gefunden. Das alte Gutshaus in Fossum war friedlich genug; es wirkte so rührend klein

nach den Tuilerien und dem Winterpalast. Aber es beherbergte eine beunruhigende Gestalt: der junge Leutnant Löwenhjelm wandelte durch die Räume.
General Löwenhjelm sah die hübsche, schlanke Gestalt nah an sich vorüberwandeln. Und im Vorübergehen warf der junge dem älteren einen kurzen Blick und ein Lächeln zu, das hochmütige, arrogante Lächeln, das die Jugend fürs Alter hat. Der General hätte zurücklächeln können, das freundliche, etwas traurige Lächeln, das man im Alter für die Jugend hat; aber Tatsache war leider, daß ihm nach Lächeln nicht zumute war. Er befand sich, wie seine Tante geschrieben hatte, in niedergeschlagener Stimmung.
General Löwenhjelm hatte alles erlangt, wonach er im Leben gestrebt hatte, und wurde von jedermann bewundert und beneidet. Nur er selbst wußte von einer seltsamen Tatsache, die an der Vorzüglichkeit seiner Existenz nagte: daß er nämlich nicht völlig glücklich war. Irgendwo stimmte etwas nicht, und er tastete sein geistiges Ich sorgfältig nach allen Seiten ab, so wie man an einem Finger herumdrückt, um festzustellen, wo

ein unsichtbarer, tiefeingedrungener Dorn sitzt.

Er stand bei den regierenden Häusern hoch in Gunst, er hatte in seinem Beruf Erfolg gehabt, er besaß Freunde überall. Der Dorn saß in keinem dieser Bezirke.

Seine Frau war brillant in jeder Hinsicht und sah immer noch gut aus. Vielleicht vernachlässigte sie den Haushalt ein wenig zugunsten ihrer Reisen und Gesellschaften; sie wechselte alle drei Monate die Dienstboten, und der General bekam zu Hause sein Essen unpünktlich aufgetragen. Da er gutes Essen hienieden hoch schätzte, empfand der General in diesem Punkte eine leichte Bitterkeit gegenüber seiner Gattin und machte sie insgeheim für die Magenverstimmung verantwortlich, an der er gelegentlich litt. Aber auch hier saß der Dorn nicht.

Indessen war General Löwenhjelm in jüngster Zeit etwas Absurdes widerfahren: er ertappte sich dabei, daß er sich um seine unsterbliche Seele sorgte. Hatte er denn irgend Grund dazu? Er war eine moralisch hochstehende Persönlichkeit, treu seinem König, seiner Frau, seinen Freunden; ein Vorbild für jedermann. Aber es gab Augenblicke, wo es ihm vorkam, daß die Welt nicht eine moralische, sondern eine mystische Angelegenheit sei. Er schaute in den Spiegel, prüfte die Orden auf seiner Brust und seufzte vor sich hin: «Eitel, eitel, es ist alles eitel!»

Die seltsame Begegnung in Fossum hatte ihn gezwungen, seine Lebensbilanz zu ziehen.

Der junge Lorens Löwenhjelm hatte Träume und Phantasien an sich gezogen, wie eine Blume Bienen und Schmetterlinge anzieht. Er hatte dagegen angekämpft, war geflohen und hatte sich verfolgt gesehen. Er hatte sich vor der Huldre der Familienlegende gefürchtet und ihre Lockung, ins Gebirge zu gehen, abgewiesen. Die Gabe des zweiten Gesichts hatte er fest und entschlossen abgelehnt.

Der altgewordene Lorens Löwenhjelm betraf sich bei dem Wunsch, es möchte doch ein kleiner Traum über seinen Weg laufen, und ein kleiner Nachtfalter möchte sich zu ihm verirren, bevor es dunkel würde. Er betraf sich bei der Sehnsucht, das zweite Gesicht zu besitzen, so wie sich ein Blinder nach der normalen Sehkraft sehnt.

Kann eine lange Reihe von Siegen, in vielen Jahren und vielen Ländern errungen, als Summe eine Niederlage ergeben? General Löwenhjelm hatte des Leutnants Löwenhjelm Wünsche erfüllt und seinen Ehrgeiz mehr als befriedigt. Man konnte geradezu sagen, daß er ihm die ganze Welt gewonnen hatte. Und doch war es dahin gekommen, daß sich der stattliche, weltkluge ältere Mann dem unerfahrenen jungen Menschen zuwandte und ihn fragte, in ernstem, ja bitterem Ton, worin der Nutzen von alledem eigentlich liege. Irgendwo war irgend etwas verlorengegangen.

Als Frau Löwenhjelm ihrem Neffen vom Jubiläum des Propstes erzählt und als er sich zu dem gemeinsamen Besuch in Berlevaag entschlossen hatte, da war dies mehr gewesen als nur eine beliebige Zusage zu einem Abendessen.

An diesem Abend würde er, so war sein Entschluß, seine Rechnung mit dem jungen Lorens Löwenhjelm bereinigen, der damals im Propsthaus so starke Gefühle der Schüchternheit und Minderwertigkeit erlebt und daraufhin den Staub dieser Umgebung von seinen Reitstiefeln abgeschüttelt hatte. Der Jüngling sollte ihm ein für allemal beweisen, daß er vor einunddreißig Jahren die richtige Wahl getroffen hatte. Die niedrigen Zimmerchen, der Dorsch, das Glas Wasser auf dem Tisch vor ihm, das alles sollte zu Zeugen aufgerufen werden, daß in solcher Umgebung das Dasein Lorens Löwenhjelms bald in schieres Elend ausgeartet wäre.

Er ließ seine Gedanken in die Ferne schweifen. In Paris hatte er einmal einen concours hippique gewonnen, und hohe französische Kavallerieoffiziere, Fürsten und Herzöge darunter, hatten ihn gefeiert. Im besten Restaurant der Stadt gab man ihm zu Ehren ein Essen. Bei Tisch saß ihm eine Dame von Adel gegenüber, eine berühmte Schönheit, um die er sich lang bemüht hatte. Mitten während des Diners hatte sie ihre dunklen Samtaugen über den Rand des Champagnerglases gehoben und ihm wortlos versprochen, ihn glücklich zu machen. Jetzt, im Schlitten sitzend, erinnerte er sich plötzlich, daß er damals einen Augenblick lang Martines Gesicht vor sich gesehen hatte; doch hatte er den Anblick von sich gewiesen.

Er hörte eine Weile auf das Klingeln der Schlittenglocken; dann überkam ihn ein Lächeln bei der Überlegung, wie er heute abend zweifellos die Unterhaltung beherrschen würde, an demselben Tisch, an dem der junge Lorens Löwenhjelm so stumm gesessen hatte.
Große Schneeflocken fielen in dichtem Gestöber; hinter dem Schlitten war die Spur im Nu zugeschneit. General Löwenhjelm saß regungslos neben seiner Tante, sein Gesicht vergraben im hohen Pelzkragen seines Mantels.

10. *Babettes Diner*

Als Babettes rothaariger Hausgeist die Tür zum Speisezimmer öffnete und die Gäste langsam die Schwelle überschritten, ließen sie die bisher verschlungenen Hände los und verstummten. Es war ein köstliches Verstummen, und im Geiste hielten sie sich noch immer bei den Händen und sangen.
Babette hatte entlang der Mitte des Tischs eine Reihe Kerzen aufgestellt. Die Flämmchen glänzten wider auf den schwarzen Bra-

tenröcken und Kleidern und auf der einen scharlachroten Uniform, und spiegelten sich in hellen, feuchten Augen.
General Löwenhjelm sah Martines Gesicht im Kerzenschimmer, nicht anders als damals bei ihrer Trennung, vor dreißig Jahren. Was hatten dreißig Jahre Berlevaag-Leben wohl für Spuren darauf hinterlassen? Das goldene Haar war jetzt mit Silber durchzogen; das blumenfrische Gesicht hatte sich langsam in Alabaster verwandelt. Aber wie klar war die Stirn, wie ruhevoll zuverlässig die Augen, wie rein und süß der Mund, als sei nie ein hartes Wort über die Lippen geglitten. Als alle saßen, sprach das älteste Mitglied der Gemeinde das vom Propst selbst verfaßte Tischgebet:

«Mög die Speise den Leib mir erhalten
Und der Leib mir die Seele hochhalten,
Daß die Seele in Taten und Worten
Preis kann singen dem Herrn allerorten.»

Bei dem Wort «Speise» besannen sich die Gäste, die alten Häupter über den gefalteten Händen, ihres Gelübdes, daß sie über diesen Gegenstand kein Wort äußern wollten, und

verstärkten in ihren Herzen noch den Schwur: auch keinen Gedanken wollten sie dem Thema zuwenden. Zwar saßen sie hier zu einem Mahl beisammen; aber das hatten die Leute bei der Hochzeit zu Kana auch getan. Und Gottes Gnade hatte es beliebt, sich alldaselbst zu offenbaren, im Wunder des Weins, nicht minder als an anderen Orten.
Babettes Gehilfe schenkte für jeden ein kleines Gläschen ein. Sie hoben es mit ernster Miene zum Munde, als Bestätigung ihres Entschlusses.
General Löwenhjelm, etwas mißtrauisch gegen den Wein, nahm ein Schlückchen, stutzte, hob sich halb vom Sitz, führte das Glas zuerst an die Nase und dann in Augenhöhe und ließ sich verwirrt wieder auf seinen Stuhl fallen. Das ist ja nicht zu glauben, dachte er. Amontillado! Und der feinste Amontillado, den ich je getrunken habe! Um die Zuverlässigkeit seiner Sinneswahrnehmungen zu prüfen, kostete er einen Löffel Suppe, kostete einen zweiten, und ließ dann den Löffel sinken. Das wird ja immer wunderlicher, sagte er sich; was ich hier esse, ist doch unzweifelhaft Schildkrötensuppe – und

zwar was für eine! Er fühlte sich von einer seltsamen Art von Panik übermannt und leerte sein Glas.

Im allgemeinen redeten die Leute in Berlevaag nicht viel beim Essen. An diesem Abend aber schienen die Zungen gelöst. Einer von den alten Brüdern erzählte, wie er zum erstenmal mit dem Propst zusammengetroffen war. Ein anderer wiederholte fast wortwörtlich die Predigt, die vor sechzig Jahren seine Bekehrung bewirkt hatte. Eine alte Frau, dieselbe, der sich Martine in ihrer Not zuerst anvertraut hatte, erinnerte den Freundeskreis daran, wie in jeder Anfechtung alle Brüder und Schwestern bereit waren, die Lasten miteinander zu teilen.

General Löwenhjelm, eingedenk seines Vorsatzes, das Tischgespräch zu beherrschen, erzählte, daß die gesammelten Predigten des Propstes zu den Lieblingsbüchern der Königin gehörten. Doch brachte ihn das soeben neu aufgetragene Gericht alsbald zum Verstummen. Unglaublich! durchzuckte es ihn; das ist ja Blinis Demidoff! Er blickte sich nach seinen Tischgenossen um: still und gelassen speisten sie ihr Blinis Demidoff, ohne das geringste Zeichen der Überraschung oder Zustimmung, als hätten sie seit dreißig Jahren nie etwas anderes getan.

Eine Schwester ihm gegenüber brachte das Gespräch auf die seltsamen Geschehnisse, die sich begeben hätten, als der Propst noch unter den Seinen weilte, und die man sehr wohl als Mirakel bezeichnen könne. Erinnerten sie sich, wie er damals versprochen hatte, in dem Dorf drüben auf der anderen Seite des Fjords eine Weihnachtsandacht zu halten? Vierzehn Tage lang war das Wetter so schlecht, daß kein Bootsmann oder Fischer die Überfahrt wagen wollte. Die Dörfler gaben bereits die Hoffnung auf, aber der Propst erklärte ihnen, wenn kein Boot ihn übersetzte, werde er übers Wasser wandeln. Und siehe da! drei Tage vor Weihnachten hörte der Sturm auf, scharfer Frost setzte ein, und der Fjord fror zu von Ufer zu Ufer – wie es seit Menschengedenken nicht geschehen war!

Der Junge füllte die Gläser neu. Dieses Mal wußten die Brüder und Schwestern, daß es sich bei dem Getränk nicht um Wein handeln konnte, denn es sprühte. Es muß eine Art Limonade sein, die aufs beste zu ihrem ange-

regten Geisteszustand paßte und sie gleichsam von der Erde emporhob in höhere, reinere Regionen.
General Löwenhjelm stellte das Glas wieder zurück, wandte sich an seinen Nachbarn zur Rechten und sagte: «Aber das ist doch ein Veuve Cliquot 1860?» Der Angesprochene blickte ihn freundlich an, lächelte ihm zu und machte eine Bemerkung über das Wetter.
Der Junge hatte seine Anweisungen: Er füllte den Mitgliedern der Brüdergemeinde die Gläser nur einmal, dem General aber füllte er nach, sowie er ausgetrunken hatte. Und das geschah in raschem Wechsel. Denn wie soll sich ein Mann von Sinn und Verstand verhalten, wenn er sich auf Sinn und Verstand nicht mehr verlassen kann? Besser, man ist betrunken als verrückt.
Häufig war es den Leuten von Berlevaag bisher geschehen, daß sie sich nach einem guten Essen mit der Zeit ein wenig träge fühlten. An diesem Abend war das anders. Die Tafelnden wurden leichter an Gewicht und leichter von innen her, je mehr sie aßen und tranken. Jetzt brauchten sie sich nicht mehr an ihr Gelübde zu erinnern. Es war ihnen

klar geworden, wenn der Mensch jeden Gedanken an Speis und Trank nicht allein vergißt, sondern vollkommen aus seinem Bewußtsein verbannt, dann ißt und trinkt er im rechten Geist.

General Löwenhjelm hörte zu essen auf und blieb regungslos sitzen. Wieder wanderten seine Gedanken zurück zu jenem Festessen in Paris, an das er während der Schlittenfahrt gedacht hatte. Damals war ein ganz unglaublich ausgefallenes und wohlschmeckendes Gericht aufgetragen worden; er hatte sich bei seinem Nachbarn, dem Obersten Galliffet, nach dem Namen erkundigt, und der Oberst hatte ihm lächelnd geantwortet, es heiße «Cailles en Sarcophage». Er hatte hinzugesetzt, das Gericht sei von dem Küchenchef des Cafés, in welchem sie speisten, persönlich erfunden. Diese Person gelte in ganz Paris als das größte kulinarische Genie der Gegenwart, und – kaum zu glauben! – es handle sich um eine Frau. «Und wahrhaftig», sagte Oberst Galliffet, «diese Frau verwandelt ein Diner im Café Anglais in eine Art Liebesaffäre – eine Liebesaffäre von der edlen, romantischen Sorte, wo man nicht mehr unterscheidet, was körperliche und was geistige Begierde und Sättigung ist. Sie können mir glauben, ich habe schon um manche schöne Frau ein Duell gehabt. Aber es gibt in ganz Paris keine Frau, junger Freund, für die ich lieber mein Blut vergießen würde.» General Löwenhjelm wandte sich an seinen Nachbarn zur Linken und sagte zu ihm: «Das sind doch zweifellos Cailles en Sarcophage!» Der Nachbar, der eben der Beschreibung eines Wunders gelauscht hatte, blickte ihn geistesabwesend an; dann nickte er zustimmend und erwiderte: «Ja, ja, gewiß doch. Was sollte es sonst sein?»

Von den Wundertaten des Meisters hatte sich das Tischgespräch den kleineren Wundern an Güte und Hilfsbereitschaft zugewandt, die seine beiden Töchter täglich vollbrachten. Der alte Bruder, der vorhin als erster den Choral angestimmt hatte, zitierte einen Ausspruch des Propstes: «Die einzigen Dinge, die wir aus unserem Leben hienieden mit uns nehmen können, sind die, die wir hingegeben haben.» Die Gäste lächelten gerührt – steinreich würden die bescheidenen armen Jungfern in die nächste Welt einziehen.

General Löwenhjelm wunderte sich über nichts mehr. Als ein paar Augenblicke später Trauben, Pfirsiche und frische Feigen vor ihn hingestellt wurden, sagte er lächelnd zu dem ihm gegenübersitzenden Gast: «Schöne Weintrauben!» Der aber antwortete: «Und sie kamen bis an den Bach Eskol und schnitten daselbst eine Rebe ab mit einer Weintraube und ließen sie zwei auf einem Stecken tragen.»

Da fühlte der General, daß die Zeit gekommen war, eine Rede zu halten. Er schob seinen Stuhl zurück und richtete sich kerzengerade auf.

Niemand sonst am Tisch war aufgestanden, um zu sprechen. Die alten Leutlein hoben in hoher, seliger Erwartung ihre Augen zu dem Gesicht da oben. Sie waren an den Anblick gewöhnt von Seeleuten und Landstreichern, die stockbesoffen waren von dem landesüblichen scharfen Schnaps. Doch erkannten sie mitnichten in dem Krieger und Hofmann die vom edelsten Wein der Welt hervorgebrachte Trunkenheit.

11. *General Löwenhjelms Rede*

«Gnade und Wahrheit, meine Freunde, sind einander begegnet», sagte der General. «Rechtschaffenheit und Himmelssegen sollen vereint sein in einem Kuß.»

Er sprach mit klarer Stimme, die geschult war auf Übungsplätzen und ein sanftes Echo gehabt hatte in Königspalästen; gleichzeitig aber sprach er auf eine für ihn selbst so neue und ihn seltsam bewegende Weise, daß er nach dem ersten Satz eine Pause machen mußte. Er war sonst gewohnt, seine Reden mit Sorgfalt vorzubereiten und dem jeweiligen Zweck anzupassen; hier aber, inmitten der einfältigen Brüdergemeinde des Propstes, war es plötzlich so, als wäre seine Gestalt – er, der General Löwenhjelm, mit ordenbedeckter Brust – nur das Sprachwerkzeug für eine Botschaft, die übermittelt werden sollte.

«Der Mensch, meine Freunde», sagte General Löwenhjelm, «ist schwach und töricht. Uns allen ward kundgetan, daß wir Gnade finden sollen in der Schöpfung. Aber in unserer menschlichen Torheit und Kurzsichtigkeit bilden wir uns ein, die göttliche Gnade sei etwas Begrenztes, und das macht uns zittern ...» Nie im Leben hatte der General verkündet, daß ihn etwas zittern mache; er war ehrlich erstaunt und sogar schockiert, als er sich mit eigener Stimme diese Feststellung treffen hörte. «Wir zittern, bevor wir unsere Wahl im Leben treffen, und wenn wir sie getroffen haben, zittern wir aufs neue, aus Furcht, daß wir falsch gewählt haben. Aber es kommt der Augenblick, da wir sehend werden und erkennen lernen, daß die Gnade unbegrenzt ist. Gottes Gnade, meine Freunde, will nichts weiter von uns, als daß wir vertrauensvoll ihrer harren und sie in Dankbarkeit hinnehmen. Die Gnade, ihr Brüder, stellt keine Bedingungen und sondert keinen von uns aus der Reihe heraus; die Gnade nimmt uns alle an die Brust und verkündet uns Generalamnestie. Sehet an! was wir uns erwählet haben, das wird uns geschenkt, aber auch, was wir von uns wiesen, wird uns gleichermaßen zuteil. Ja, eben das, was wir verworfen haben, ergießt sich über uns im Überfluß. Denn Erbarmen und Wahrheit sind einander begegnet; Rechtschaffenheit und Seligkeit sind zusammengekommen in einem Kuß!»

Die Brüder und Schwestern hatten die Rede des Generals nicht bis aufs letzte verstanden; aber sein gesammelter und erleuchteter Gesichtsausdruck und der Klang wohlbekannter und herzbewegender Worte waren allen tief ins Gemüt gedrungen. Solchermaßen gelang es dem General Löwenhjelm nach einunddreißig Jahren, wahrhaftig im Hause des Propstes das Tischgespräch zu beherrschen.

Was sich weiterhin an diesem Abend begab, läßt sich hier nicht mit Sicherheit berichten. Keiner von den Gästen hatte später noch eine klare Erinnerung daran. Sie wußten nur, die Zimmer waren erfüllt von einem Himmelslicht, als wären viele kleine Heiligenscheine zu einem mächtigen Strahlenschimmer verschmolzen. Stummgewordene alte Menschen wurden von neuem sprachbegabt; Ohren, seit Jahren beinahe taub, wurden aufgeschlossen für das Wort. Die Zeit sogar verschwamm und mischte sich mit Ewigkeit. Lang nach Mitternacht noch glänzten die Fenster des Hauses golden, und golden strömte Gesang hinaus in die Winterluft.

Die zwei alten Weiber, die sich mit Lästerreden verfolgt hatten, wanderten in Gedanken einen weiten Weg zurück, vorbei an der bösen Zeit, da sie ineinander verbissen waren, und trafen sich in den frühen Mädchentagen, als sie zusammen Konfirmationsunterricht hatten und Hand in Hand laut singend durch die Fluren von Berlevaag zogen. Ein Gemeindebruder stieß einen andern jählings in die Rippen, wie es Knaben in rauher Herzlichkeit tun, und rief ihm zu: «Du hast mich bemogelt mit dem Holz damals, alter Gauner!» und der Angeredete wollte schier umkommen vor homerischem Gelächter, doch mit Tränen in den Augen. «Bemogelt, das ist wahr, lieber Bruder», rief er. «Bemogelt, und nicht zu knapp.»

Schiffer Halvorsen und Witwe Oppegaarden fanden sich in einer Ecke aneinandergeschmiegt und tauschten endlich den langen, langen Kuß, für den sie in der Heimlichkeit und Unrast ihrer jugendlichen Liebesaffäre nie Zeit gehabt hatten.

Die Anhänger des alten Propstes waren schlichte Gemüter. Wenn sie sich in späterer Zeit des Abends entsannen, kam keinem von ihnen je in den Sinn, daß ihnen die gemeinsame Stunde der Erhebung etwa aus eigenem Verdienst beschert worden sei. Ihnen war klar, die grenzenlose Gnade, von der General Löwenhjelm gesprochen hatte, war ihnen zuteil geworden, und sie wunderten sich nicht einmal über die Tatsache, denn sie war ja nur die Erfüllung einer stets gehegten Hoffnung. Die eitlen Truggebilde dieser Erde hatten sich vor ihren Augen wie Rauch aufgelöst, und sie hatten das Universum geschaut, wie es wirklich ist. Eine Stunde des Tausendjährigen Reichs war ihnen geschenkt worden.

Die alte Frau Löwenhjelm brach als erste auf. Ihr Neffe begleitete sie, und die Gastgeberinnen leuchteten ihnen bis vors Haus. Während Philippa der alten Dame in ihre zahlreichen Hüllen half, ergriff der General Martines Hand und hielt sie lange und wortlos in der seinen. Schließlich sagte er: «Jeden Tag meines Lebens bin ich bei dir gewesen. Das weißt du doch, nicht?» «Ja», sagte Martine. «Ich weiß, daß es so war.»

«Und», fuhr er fort, «ich werde bei dir sein jeden Tag, den ich noch zu leben habe. Jeden

Abend – wenn schon nicht im Fleisch, das hat ja nichts zu bedeuten, aber im Geist, und darauf kommt alles an – werde ich mich mit dir zu Tisch setzen, so wie heute abend. Denn heut abend, liebe Schwester, habe ich gelernt, daß in dieser Welt alles möglich ist.»

«Ja, so ist es, lieber Bruder», sagte Martine. «In dieser Welt ist alles möglich.»

Damit trennten sie sich.

Als schließlich auch die übrige Gesellschaft aufbrach, hatte es zu schneien aufgehört. Dorf und Berge lagen in weißem, jenseitigem Schimmer, und der Himmel war hell von tausend Sternen. Auf der Straße lag der Schnee so tief, daß man kaum Schritt vor Schritt setzen konnte. Die Gäste aus dem gelben Haus waren unsicher auf ihren Füßen; sie schwankten, setzten sich unvermittelt hin oder fielen nach vorn auf alle viere und wurden über und über weiß von Schnee, als wären wirklich ihre Sünden weißgewaschen wie Wolle, und sie hüpften nun in diesem ihrem neugewonnenen Unschuldsstand übermütig wie die Lämmer. Es war köstlich für sie alle, wieder zu sein wie die Kinder;

nebenbei war es auch ein Heidenspaß, die alten Mitbrüder und Mitschwestern, die sich immer so wichtig genommen hatten, in diesem Himmelszustand einer zweiten Kindheit zu beobachten. Sie stolperten und richteten sich wieder auf, sie schritten dahin und standen still, hatten sich dabei körperlich sowohl wie seelisch bei der Hand gefaßt und sahen mitunter aus, als tanzten sie in einer Francaise der Seligen die Figur mit der großen Kette.

«Segne dich, segne dich, segne dich», hallte es wie Echo aus der Harmonie der Sphären nach allen Seiten.

Martine und Philippa standen noch lang auf der Steintreppe vor dem Haus. Sie spürten nichts von der Kälte.

«Die Sterne sind näher gekommen», sagte Philippa.

«Das werden sie jetzt jede Nacht tun», sagte Martine still. «Gut möglich, daß es überhaupt nicht mehr schneit.»

Darin irrte sie sich jedoch. Eine Stunde später begann es von neuem zu schneien, und zwar mit einer Heftigkeit, wie man es in Berlevaag noch nie erlebt hatte. Am andern

Morgen brachten die Leute kaum ihre Türen auf, so schwere Schneewehen lasteten dagegen. Und die Fenster waren so dick eingeschneit – das wurde noch nach Jahren erzählt –, daß viele gute Bürger im Ort vom Tagesanbruch gar nichts bemerkten und bis tief in den Nachmittag hinein schliefen.

12. *Die große Künstlerin*

Als Martine und Philippa die Haustür zuschlossen, besannen sie sich plötzlich auf Babette. Eine kleine Woge der Zärtlichkeit und des Mitleids erfüllte sie. Babette als einzige hatte keinen Teil gehabt an den Segnungen des Abends.

Sie gingen hinüber in die Küche, und Martine sagte zu Babette: «Das war wirklich ein nettes Essen, Babette.»

Ihre Herzen füllten sich unvermutet mit Dankbarkeit. Es wurde ihnen bewußt, daß keiner der Gäste auch nur ein Wort über die Bewirtung gesprochen hatte. Auch sie selber, und wenn sie sich die größte Mühe gaben, konnten sich an keines der Gerichte erinnern,

die aufgetragen worden waren. Martine kam die Schildkröte in den Sinn. Die war ja gar nicht auf den Tisch gekommen, sie schien plötzlich weit entfernt und nur wie eine blasse Erinnerung – womöglich war sie überhaupt nur ein Nachtmahr gewesen.
Babette saß auf dem Hackklotz, umgeben von rußgeschwärzten und fettverschmierten Töpfen und Pfannen in einer Anzahl, wie ihre Herrinnen sie nie auf einem Haufen beisammen gesehen hatten. Sie war so weiß im Gesicht und so zu Tode erschöpft wie in jener Nacht, als sie in Berlevaag erschien und an der Tür der Propsttöchter zusammengebrochen war. Es verging eine lange Zeit, dann blickte sie zu den Schwestern auf und sagte: «Ich bin Köchin im Café Anglais gewesen.»
Martine wiederholte: «Das haben wirklich alle gefunden, ein nettes Essen!» Als Babette mit keinem Wort darauf einging, setzte sie hinzu: «Wir werden alle den Abend im Gedächtnis behalten, wenn du wieder in Paris bist, Babette.»
Babette erwiderte: «Ich gehe nicht nach Paris.»

«Du gehst nicht nach Paris zurück?» rief Martine erstaunt.
«Nein», sagte Babette. «Was soll ich in Paris? Sie sind alle fort, ich habe alle verloren, Mesdames.»
Die Schwestern erinnerten sich, welches Schicksal Monsieur Hersant und sein Sohn erlitten hatten, und sagten: «Ach ja, Babette, du Arme!»
«Alle sind sie fort», sagte Babette. «Der Herzog von Morny, der Herzog Decazes, der Fürst Naryschkin, der General Galliffet, Aurélien Scholl, Paul Daru, die Fürstin Pauline! Alle fort!»
Die fremden Namen und Titel von Menschen, deren Verlust Babette beklagte, versetzten die beiden Damen in eine gewisse Verwirrung; doch sprach aus der Aufzählung ein solches Übermaß von tragischen Verwicklungen und Perspektiven, daß sie in ihrem Mitgefühl Babettes Verlust als ihren eigenen empfanden und ihre Augen sich mit Tränen füllten.
Nach einem weiteren langen Schweigen lächelte Babette plötzlich ein wenig und sagte: «Außerdem, wie soll ich denn nach Paris

zurückfahren, Mesdames? Ich habe kein Geld.»

«Kein Geld?» riefen die Schwestern wie aus einem Munde.

«Nein», sagte Babette.

«Aber die zehntausend Francs?» fragten die Schwestern, vor Schrecken atemlos.

«Die zehntausend Francs sind ausgegeben, Mesdames», sagte Babette.

Die Schwestern mußten sich setzen. Eine Minute lang verschlug es ihnen die Rede.

«Aber zehntausend Francs?» begann Martine schließlich mit einer Flüsterstimme.

«Was wollen Sie, Mesdames», sagte Babette, und viel Würde sprach aus ihren Worten. «Ein Diner für zwölf Personen im Café Anglais, das hat immer seine zehntausend Francs gekostet.»

Den Damen fiel immer noch nichts zu sagen ein. Was ihnen da eröffnet worden war, entzog sich ihrem Verständnis. Aber schließlich waren viele Dinge am heutigen Abend auf die eine oder andere Weise über ihr Verständnis hinausgegangen.

Martine besann sich auf eine Geschichte, die ein Freund ihres Vaters aus seiner Missionarszeit in Afrika erzählt hatte. Er hatte der Lieblingsfrau eines alten Stammeshäuptlings das Leben gerettet, und zum Zeichen seiner Dankbarkeit hatte ihn der Häuptling mit einem üppigen Essen regaliert. Erst lange Zeit später erfuhr der Missionar von seinem schwarzen Diener, was er dort gespeist hatte, war ein gut durchwachsenes kleines Enkelkind des Häuptlings gewesen, zubereitet zu Ehren des großen christlichen Medizinmannes. Martine schauderte.

Philippa aber fühlte sich bis ins tiefste Herz gerührt. Sie hatte das Empfinden, daß hier ein unvergeßlicher Abend seine Krönung erfahren sollte in einem unvergeßlichen Beispiel menschlicher Treue und Selbstaufopferung.

«Liebe Babette», sagte sie freundlich, «das hättest du aber nicht tun sollen: unsertwegen alles hergeben.»

Babette warf der Herrin einen tiefen Blick zu, einen seltsamen Blick – lag nicht Mitleid, vielleicht sogar Verachtung, auf seinem Grunde?

«Ihretwegen?» versetzte sie. «Nein. Meinetwegen.»

Sie erhob sich vom Hackklotz und stellte sich den Schwestern gegenüber.
«Ich bin eine große Künstlerin!» sagte sie.
Sie wartete einen Augenblick und wiederholte: «Ich bin eine große Künstlerin, Mesdames.»
Von neuem breitete sich für längere Zeit ein tiefes Schweigen in der Küche aus. Dann sagte Martine: «Also bleibst du nun arm fürs ganze Leben, Babette?»
«Arm?» sagte Babette. Sie lächelte wie zu sich selbst.
«Nein. Arm bin ich nie. Ich habe Ihnen gesagt, ich bin eine große Künstlerin. Eine große Künstlerin, Mesdames, ist niemals arm. Wir haben etwas, Mesdames, wovon andere Leute nichts wissen.»
Während die ältere Schwester darauf nichts mehr zu sagen wußte, begannen in Philippas Herz tiefe, vergessene Saiten zu vibrieren. Sie hatte schon einmal gehört, lang lang war's her, von diesem Café Anglais. Sie hatte schon einmal, vor langer Zeit, Babettes tragische Namensliste vernommen. Sie stand auf und trat einen Schritt auf die Dienerin zu.
«Aber alle diese Leute, die du da erwähnst»,

sagte sie, «diese Fürsten und hohen Herrschaften aus Paris, Babette – gegen die hast du doch gekämpft! Du warst doch Kommunarde. Der General, von dem du sprichst, hat deinen Mann und deinen Sohn erschießen lassen. Wie kannst du diesen Leuten nachtrauern?»

Babette kehrte Philippa ihren dunklen Blick entgegen.

«Ja», sagte sie, «ich war Kommunarde! Gott sei Dank war ich Kommunarde. Und die Leute, Mesdames, die ich genannt habe, waren bös und grausam. Sie haben das Volk von Paris hungern lassen, sie haben die Armen unterdrückt und gekränkt. Gott sei Dank habe ich auf der Barrikade gestanden und habe für das Mannsvolk die Gewehre geladen. Aber trotzdem, Mesdames, will ich nicht nach Paris zurück, wenn die Leute, von denen ich gesprochen habe, nicht mehr dort sind.»

Sie stand regungslos da, in Gedanken versunken.

«Sie müssen verstehen, Mesdames», sagte sie schließlich, «diese Leute gehörten zu mir, es waren meine Leute. Sie waren dazu erzogen und geübt, mit größerem Aufwand, als Sie, meine lieben Damen, auch nur begreifen und glauben können, dazu erzogen, daß sie verstehen konnten, was ich für eine Künstlerin bin. Ich konnte sie glücklich machen. Wenn ich mein Allerbestes gab, konnte ich sie vollkommen glücklich machen.»

Sie schwieg einen Augenblick.

«So war es auch mit Monsieur Papin», sagte sie.

«Mit Monsieur Papin?» fragte Philippa.

«Ja, mit Ihrem Monsieur Papin, Sie Arme!» sagte Babette. «Er hat es mir selbst gesagt. Für einen Künstler, hat er gesagt, ist es schrecklich und unerträglich, wenn er dazu ermutigt wird, nur sein Nächstbestes zu geben und dafür noch Beifall bekommt. Durch die ganze Welt, hat er gesagt, schallt unablässig der eine Schrei aus dem Herzen des Künstlers: Erlaubt mir doch, daß ich mein Äußerstes gebe!»

Philippa trat vollends auf Babette zu und umschlang sie mit ihren Armen. Der Leib der Köchin war anzufühlen wie ein steinernes Denkmal; aber sie selber zitterte und bebte vom Kopf bis zu den Füßen.

Eine Zeitlang fand sie keine Worte. Dann flüsterte sie: «Aber dies ist nicht das Ende. Ein Gefühl sagt mir, Babette, daß dies nicht das Ende ist. Im Paradies wirst du die große Künstlerin sein, als die Gott dich schuf. Und ein Entzücken», fügte sie hinzu, und die Tränen liefen ihr über die Wangen, «ein Entzükken, Babette, für die Engel!»

Tania Blixen, eigentlich Karen Blixen-Finecke, wurde am 17. April 1885 in Rungstedlund bei Kopenhagen als Tochter des Hauptmanns und Schriftstellers Wilhelm Dinesen geboren. Nach dem Studium der Malerei in Kopenhagen, Paris und Rom heiratete sie 1914 ihren Cousin Baron Bror Blixen-Finecke. Das Ehepaar wanderte nach Kenia aus und betrieb, am Fuße der Ngongberge, eine Kaffeefarm. Nach ihrer Scheidung 1922 leitete Tania Blixen die Farm allein, bis sie 1931 durch die Weltwirtschaftskrise gezwungen wurde, die Plantage aufzugeben. Sie kehrte nach Dänemark zurück und lebte bis zu ihrem Tod am 7. September 1962 auf dem Familiensitz in Rungstedlund.
Bereits in Afrika hatte Tania Blixen zu schreiben begonnen. 1934 erschien in England unter dem Pseudonym Isak Dinesen ihr erster Band mit Erzählungen: «Seven Gothic Tales» («Sieben phantastische Geschichten»; deutsch 1937). Das Erstlingswerk weist in Thematik und Stil auf ihre späteren Erzählungen voraus. Immer wieder erzählt sie von unerhörten Begebenheiten, von großen Leidenschaften und großen Katastrophen, in einer Sprache, die sowohl die Abkehr von dem oft bedrückenden Alltag als auch die ironische Distanz der Autorin zu dem Erzählten erkennen läßt.

Ihre Erinnerungen an die Jahre in Afrika veröffentlichte sie 1937 unter dem Titel «Out of Africa» («Afrika – dunkel lockende Welt»; deutsch 1938). Mit diesem Buch, das heute als moderner Klassiker gilt und 1985 von Sydney Pollack unter dem Titel «Jenseits von Afrika» verfilmt wurde, erzielte Tania Blixen im englischsprachigen Raum ihren ersten großen Erfolg. 1942 folgte mit «Winter's Tales» («Wintergeschichten»; deutsch 1985) ein weiterer Band mit Erzählungen.
Nach dem Zweiten Weltkrieg unternahm die Autorin ausgedehnte Reisen nach Paris, Rom, London und in die USA. In jener Zeit erschienen die «Last Tales» (1957; «Letzte Erzählungen», deutsch 1959) und der Band «Anecdotes of Destiny» (1958; «Schicksalsanekdoten», deutsch 1960), in den auch die Erzählung «Babettes Fest» aufgenommen wurde. In «Shadows on the Grass» (1960; «Schatten wandern übers Gras», deutsch 1961) erinnert sie noch einmal an ihre afrikanischen Jahre. Es war ihr letztes zu Lebzeiten veröffentlichtes Buch.
Ernest Hemingway bekannte 1954, als ihm der Nobelpreis verliehen wurde, daß diese Auszeichnung eigentlich Tania Blixen gebühre. Dies zeigt, welche Bewunderung das Werk der Autorin erfuhr, das der zeitgenössischen sozialkritischen Literatur Dänemarks entgegenstand: Tania Blixens Geschichten spielen im 18. oder 19. Jahrhundert, ihre Figuren leben in einem fast märchenhaft verklärten Orient oder in einem ruhigen, den politischen und sozialen Umwälzungen der Zeit scheinbar entrückten Europa. Und doch zeichnet Tania Blixen keine Idyllen. Voraufgegangene Katastrophen – die despotische Willkür eines orientalischen Herrschers oder die Niederschlagung der Pariser Kommune – prägen Tania Blixens Protagoni-

sten, die sich einem vermeintlich schicksalhaft vorgezeichneten Leben ergeben.
Entstanden sind ihre Erzählungen aus einem von Unglück und Niederlagen belasteten Leben, aus einer «Katastrophenerfahrung» (Jürg Glauser). Für die «Scheherezade des Nordens», wie sich Tania Blixen oft selbst nannte, war Erzählen Mittel und Chance, aus dem Alltag erwachsene Bedrohungen und Gefahren zu bannen, Niederlagen zu bewältigen. Ihre phantastischen, Traumhaft-Irreales und Reales vermengenden Geschichten sind breit angelegte Anekdoten: Eine pointierte Einzelhandlung erhellt blitzartig das Ganze eines Lebens. Die Erzählungen stehen in der Tradition der Geschichten aus «Tausendundeine Nacht», von Boccaccios «Decamerone», Goethes «Unterhaltungen deutscher Ausgewanderten», aber auch der Novellen und Erzählungen E.T.A. Hoffmanns, Edgar Allan Poes und Heinrich von Kleists. Sie gewinnen in ihrer spannungsreichen Darstellung der Stoffe und der kunstvollen, dem mündlichen Erzählen angelehnten sprachlichen Gestaltung weltliterarische Bedeutung.
«Babettes Fest» wurde zuerst 1950 unter dem Titel «Babette's Feast» in der amerikanischen Zeitschrift «Ladies' Home Journal» veröffentlicht und erschien 1960 unter dem Titel «Babettes Gastmahl» in dem Band «Schicksalsanekdoten» erstmals auf deutsch. 1987 wurde dieses «lukullische Märchen» von dem dänischen Regisseur Gabriel Axel verfilmt. Es ist eine Parabel über die Befreiung des Menschen aus den vom Schicksal auferlegten Zwängen durch die Kunst. Gleichzeitig spiegelt diese Novelle das literarische Credo der Autorin wider: Ebenso wie die Meisterköchin Babette mit ihrer Kunst, dem «dîner français», den beiden Schwestern Martine und Philippa die

Möglichkeit gibt, zumindest für wenige Stunden aus ihrem pietistisch-puritanischen Dasein auszubrechen, so war auch für Tania Blixen selbst die Kunst – das Schreiben und Erzählen – der einzige Weg, alltäglichen Sorgen und Schwierigkeiten zu entfliehen.

Unsere Ausgabe folgt dem 1982 bei der Deutschen Verlags-Anstalt, Stuttgart, unter dem Titel «Babettes Gastmahl» erschienenen Text aus dem Band «Schicksalsanekdoten».

D.L.

Die Deutsche Bibliothek – CIP-Einheitsaufnahme

Blixen, Tania:
Babettes Fest / Tania Blixen.
Aus dem Engl. übertr. von W. E. Süskind. –
9. Aufl. – Zürich: Manesse Verlag, 1994
(Manesse Bücherei; Bd. 25)
ISBN 3-7175-8150-3
NE: GT
Vw: Blixen-Finecke, Karen [Wirkl. Name] –
Blixen, Tania

Buchgestaltung
Brigitte und Hans Peter Willberg, Eppstein